인향문단 시화집

모란이 피기까지는

인향문단 시화집

모란이 피기까지는

초판 인쇄일 2020년 9월 1일
초판 발행일 2020년 9월 1일

지은이 인향문단 회원 이정순 外 30명
펴낸이 장문정
펴낸곳 도서출판 그림책
디자인 토마토
출판등록 제2010-000001
주소 경기도 수원시 영통구 이의동 웰빙타운로 70
연락처 TEL070-4105-8439 (010)2676-9912
E-mail : khbang21@naver.com

모란이 피기까지는

인향문단 회원 이정순 外 30명

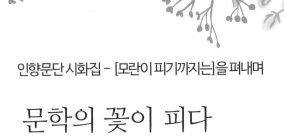

인향문단 시화집 – [모란이 피기까지는]을 펴내며

문학의 꽃이 피다

– 방훈

세상에는 작고 때로는 평범하지만
당당한 모습으로
피어나는 존재들이 많다

자연을 이루는 하나하나의 어울림,
다들 존재의 의미를 담아내는
그들의 삶에는
아름다움을 담은
예술의 씨앗들이 담겨져 있다.

그 씨앗들이 문학의 꽃으로 피어날 때
세상은 온통 아름다운 화원으로 변하고
그 씨앗을 뿌리고 가꾼 사람들도
아름다운 꽃으로 피어날 것이다.

문학과 예술은 삶의 에너지로
세상을 아름답게 하는 원동력이며
우리들의 삶을
새롭게 출발할 수 있도록 도와준다.
그리고 예술과 문학은 삶의 근원인 아름다움으로
우리를 되돌아가게 해준다.

인향문단 편집장 방훈

인향문단 편집장인 방훈 작가는 1965년 경기도에서 출생하였습니다. 대학에서는 국문학을 전공하였으며 2000년 초반 시인학교에 시를 게재하여 시인학교 추천시가 되면서 본격적인 시창작활동을 하였습니다. 그 이후에 개인시집과 여러 동인시집을 같이 발간하였습니다.

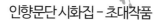

You can do it

예당 김광운

세상 모든 것이
너에게 두려운 현실이라 생각돼?
그럼 하늘을 느껴봐라
아들아! 넌 할 수 있어
죽음의 강을 건너
우린 다시 이겨냈잖아
새로운 해가 뜨는
내일이 있단다
두려워 마라
넌 다시 꼭 일어날 거야

김광운 시인

1951년생이며 문학촌 들풀문학 발행인입니다. 한국방송대 국문과를 졸업하였
으며 서울예대 문예창작을 전공하였습니다. 대진대학교에 출강했으며 대통령표
창상, 문체부장관상 2회를 수상하였습니다. 현재 (사)한국직능단체총연합회 감
사와 전국검정고시 총동문회 수석부회장과 (사)한국문화예술진흥원장을 역임
하고 있습니다.

인향문단 시화집 - 모란이 피기까지는

CONTENTS

인항문단 시화집

모란이 피기까지는

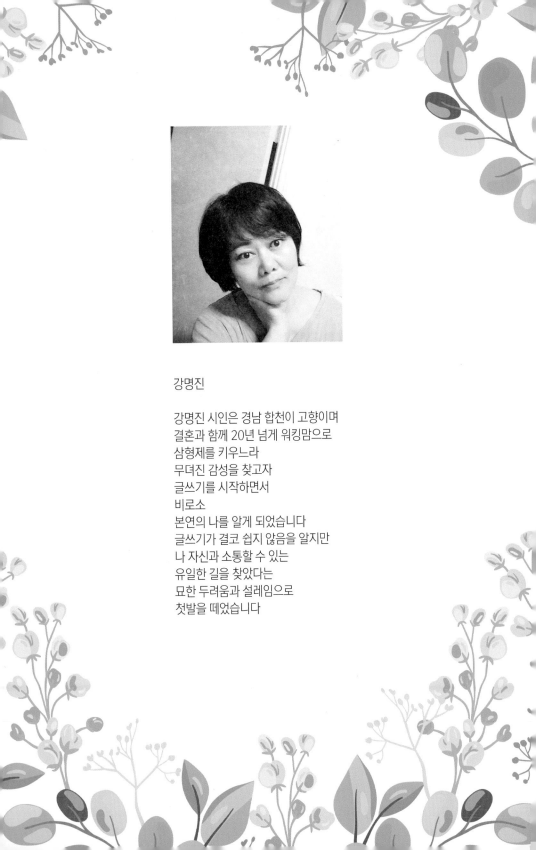

강명진

강명진 시인은 경남 합천이 고향이며
결혼과 함께 20년 넘게 워킹맘으로
삼형제를 키우느라
무뎌진 감성을 찾고자
글쓰기를 시작하면서
비로소
본연의 나를 알게 되었습니다
글쓰기가 결코 쉽지 않음을 알지만
나 자신과 소통할 수 있는
유일한 길을 찾았다는
묘한 두려움과 설레임으로
첫발을 떼었습니다

감꽃 목걸이

강명진

애초
오색찬란한 빛이 아니었다
이른 새벽
한켠 흙마당을 수놓은 노란 꽃송이
이슬무게 못 견뎌 떨어진건지
새끼손마디크기 앙증함이 안쓰러
이슬이 품은건지
사방의 꽃숲은
새파란 내새끼 품은 흔적
휑한 그 흔적으로
볏짚한줄기 통과한다

송이송이 소망 새겨
매듭엮은 꽃목걸이

그렇게
오월의 새벽이면
코끝 간지럽힌
설레임의 향으로
수줍던 나에게로의 고백

메꽃

강명진

가만가만 그리움의 깊이만큼
지하경에 뿌리를 내리고
먼곳의 보고픔만큼
한가지 넝쿨감아 손짓해 봅니다

빛바랜 약속을 토해내듯
함박웃음 보여도
매캐한 담배연기 끌고가는
유월의 바람마냥
또 한번
생채기 내듯 그리움하나 품어봅니다

바람이 분다

강명진

비단같이
결 좋은 바람이 분다
유월
무성한 신록들의 들썩이는
물결속에
내 마음이 묻혀있다

어떠한 일이 있어도
중심을
잃지 말자고
말자고, 말자고…

내가 믿고 살아왔고
그렇게 살아야 함을…

또다시
바람이 분다
세상 어디
그 무엇도
흔들지 않은 것이 없음을
과시하듯
잔인하게 훑는다

가슴을 베이다

강명진

믿음을
단숨에 가를 수 있는
어마무시의 예리함

시간의 약조차
무색한
치유되지 않던 세월

갖은 상념과 고뇌를
내려놓게 한
또 다른
치유의 덫

나무가 말을 걸어왔다

강명진

무수히도
외면해야 했던 시간들
다가서면
느끼지 못하는
언어들의 유희속에서
허공을
맴돌뿐이었다

살아가는 것은
사시사철 오롯이
한 곳에
뿌리내리며
갖은 풍파 견디고
버티는 거라고
내가
너의 품속이니
흔들려도 괜찮다고

김근애

김근애 시인은
1969년에 태어났으며 대구 대신동이 고향입니다.
응어리진 가슴의 한편
시로 써 내려가기 시작했습니다.
앞으로 누구라도 이해하기 쉽고
자기 색이 분명한
시를 쓰고 싶다는 게 꿈입니다.
열심히 쓰겠습니다

어느 날, 나를 만났다

김근애

행복은 항상 우리와 함께 있지만
행복할 땐 내 모습이 보이지 않는다

불행이 엄습해 오면 그 속에선
항상 비참하게 웅크리고
나약하고 실패자인 것만 같은
나와 마주하곤 한다

많이 가졌을 땐 감사함을 모르지
없음을 느낀 후에야 비로서
있다는 것에 대한 감사함을 알게 된다

나를 만난다는 것은
나를 내려놓고 내가 가진 것들에
감사함으로 감사함을 아는 것이고
나를 나로
온전히 받아 들이는 것이다

가면 놀이

김근애

사람들은 시시때때로
가면을 쓴다
보고 싶지 않아 눈을
감아 버릴 때도 있다

사람이라는 탈을 쓰고
시시각각 표정들을
뒤로 감춘다

사람과 사람과의
진정한 교감들을 거부하는
인간들은
얼마나 외로울까?

커피

김근애

오늘따라 커피의 향이
진하게 코 끝에 박힌다
그대의 그리움이
그대의 향기가
커피 잔 속에
고스란히
스며있기
때문이겠지

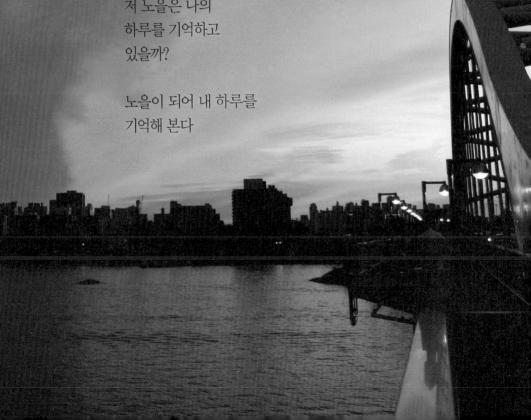

노을 속을 걷다

김근애

난 오늘도 해를 보며
하루를 맞이 한다

바삐 돌아다녔을 해가
붉은 노을이 되어
지평선 너머로
사라 질 채비를 한다

저 노을은 나의
하루를 기억하고
있을까?

노을이 되어 내 하루를
기억해 본다

화초 앞에서

김근애

베란다 곳곳에 놓여 있는
하나 둘 셋 넷
꽃을 피운 녀석도
안 피운 녀석도
계절이 바뀜에 따라
녹색빛이 짙어만 간다

이름모를 생명도 있고
이름을 아는 생명도 있지만

그들은 분명 살아 숨쉬기에
우리에게 푸르름을 띄며
기쁨과 편안함을 안겨 준다

사랑스럽다

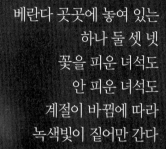

김동규

김동규 시인은 1967년 대구에서 출생하였으며 경산대학교에서 국어국문학을 전공하고
1993년부터 1995년까지 토방문학회와 문학동인 문비 회원으로 활동하였습니다. 직장을
다니면서 문학회활동을 그만두고 지내다 건강 이상으로 20년 가까이 다니던 직장을 그만
두고 쉬는 중에 지인의 소개와 권유로 다시 문학에 새롭게 도전합니다. 잊고 있었던 시에
대한 갈망으로 잘 다듬어지지 않고 많이 미흡하지만 인향문단을 통해 시를 발표합니다.

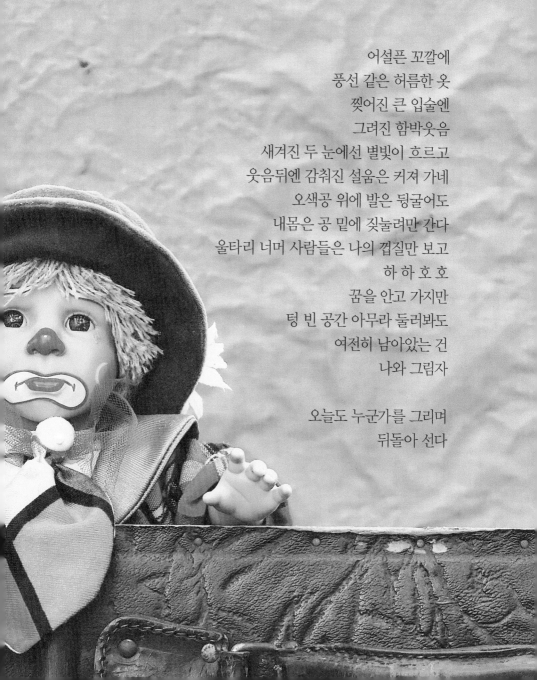

광대

김동규

어설픈 꼬깔에
풍선 같은 허름한 옷
찢어진 큰 입술엔
그려진 함박웃음
새겨진 두 눈에선 별빛이 흐르고
웃음뒤엔 감춰진 설움은 커져 가네
오색공 위에 발은 뒹굴어도
내몸은 공 밑에 짓눌려만 간다
울타리 너머 사람들은 나의 껍질만 보고
하 하 호 호
꿈을 안고 가지만
텅 빈 공간 아무라 둘러봐도
여전히 남아있는 건
나와 그림자

오늘도 누군가를 그리며
뒤돌아 선다

날개잃은 시

김동규

깊은 어둠이 찾아들면
박쥐처럼 본능적으로
낡은 연습장과 볼펜을 잡고
꽁무니에서 줄을 토해내는 거미가 되어
끝없는 혼자만의 항해를 떠난다

이별한 연인의 눈물처럼 서럽게
오뉴월 태양아래 장미처럼 아름답게
흰눈덮인 들판처럼 포근하게
갓난 아기의 눈망울처럼 순결하게
한올한올 토해내어 시를 엮는다

얼키설키 엮어진 시는
옷깃을 여미는 삭풍에 사정없이 잘려나가고
낡은 연습장엔 온통 언어들의 주검이 남아
겨울밤을 뒹굴고
날개잃은 시는
오늘도 빈 허공을 질주한다

여명

김동규

동네교회 예배당 종소리에 깨어나
살며시 창을 열어 젖히면
예식장에 들어선 신부의 환한 미소로
콘크리트 숲은 순백의 선물 안겨주고
나의 찬 손을 살포시 잡아끌고
새벽녘 바다를 자유로이 날아
굴뚝 연기 모락모락 솟아나는
조용한 산골에 내려 앉는다

어릴적 가슴깊은 곳에 꼭꼭 숨겨 두었던
동화속 어린왕자의꿈은 희미한 안개처럼
소리없이 가슴으로 밀려와 파도를치고
숱한 세월 강물에 쓸려버린 아련한 추억에
살포시 눈을 감으면
산골 고요한 새벽햇살은
따사로이 얼굴을 파고든다

답청

김동규

어둠을 깨우는
산풍의 달달한 간지럼에 눈을 뜨면
먼산 안개낀 산봉우리는
한폭의 동양화로 나에게 손짓한다
나무와 잡풀 우기진 비좁은 산길에 마주한
작은 여울 낙숫물소리는
이른아침을 깨우는
뻐꾸기와 온갖 산새소리와 어우러져
아름다운 교향곡을 연주한다
비비추 꽃과 원추리꽃의 향기의 이끌림에
환호하는 벌과 노랑나비의 힘찬 날개짓에
발걸음은 구름위를 걷는다

비오는 새벽

김동규

사방이 꽉막힌 캄캄한 미로
세상 모든것을 잠재운 어둠만이
크게 입을 벌리고 있는
님 기다리는 아낙처럼
창문을 두드리는 소리에
떨리는 가슴안고
창문을…

토닥토닥 떨어지는 빗줄기
어둠속 도시를 살포시 깨우고
나의 흐릿한 기억도 함께

아련히 깨어나는 추억너머로
어느새 나의몸을 깜싸고 돌아
먼발치 서 있는
떨어지는빗방울을 사이에 두고
말없는 침묵의 시간만이
강물처럼 흐를뿐
눈가에 맺힌 이슬은
조금씩 찾아드는 새벽을
재촉하네

김두원

김두원 시인은 강원도 양구에서 태어나 유년시절을 시골에서 보냈습니다. 25세에 경기도 부천에 정착하여 현재까지 거주하고 있습니다. 부천시에서 30년간 공직생활을 하면서 문화, 창의도시 부천! 이곳에서 예능적 감성의 비전을 갖고 퇴직 후 시를 꾸준히 쓰고 있습니다.
부천시에서 주관하는 "시가 활짝"에 작품을 다수 발표하였으며, 현재 인향문단 회원으로서 인향문단 잡지 3, 4, 5집에 시를 발표하였고, 개인시집을 발표할 계획을 가지고 활발한 창작 활동을 하고 있습니다.

행복이란

김두원

내가 살아온
세월 속에
어느 때는 울기도 했고
어느 날은 웃기도 하면서
살아온 지난날들을
뒤돌아보니
그래도
행복한 날이 많았기에
후회는 없다

홍매화

김두원

어떻게 참았느냐
꽃을 피우고 싶어
온몸이 가려운지
봄바람에
가지를 흔들고
온통 꽃향기를 날리며
봄이 왔음을 알려주는 홍매화

봄처럼 따뜻한 매화 꽃 생각을
가슴에 품고
봄이라 부르고 싶은
오늘 이 순간이 참 감사하다
홍매화
너를 볼 수 있음에

일몰

김두원

일몰의 시간
붉게 물들어 가는 저녁노을은
몸과 마음이 지쳐가는 이들에게
위로의 선물인가
태양도 하루 종일
세상을 밝게 비추느라
쉼의 시간이 필요하기에
어디론가 쉬러 가는 건지
힘들었던 하루
고생한 나 자신에게
수고했다
칭찬의 말 한마디
건네 본다

가을에 물들다

김두원

가을은 물드는 계절
석양빛에 물들고
한살씩 먹어가는 나이에도
검었던 검은 머리카락에도
내 모습에 물들고
사랑에 물들고
향기에 물들고
지나간 추억에 물들고
사계절 속에 물드니
유난히 가을에 더 물든다.

목련

김두원

겨우내 언 땅에 발을 묻고
홀로서서 침묵하며
인고의 겨울을 이겨낸 목련아

물오른 설레임으로
연둣빛 새싹이 돋아나는
희망의 봄에

하얀 꽃을
머리에 이고
마음껏 쏟아내는 너의 자태가
너무나 아름다운데

잎은 언제쯤 나오려 하니?
너의 모습이
애처롭게
보이는구나

맑고 순결한
순백의 목련화야

김미향

김미향 시인은 서울에 거주하며
자영업을 하고 있습니다.
시를 꾸준하게 창작하며 인향문단을 통하여
작품을 발표하고 있습니다.

능소화꽃반지

김미향

혼자 힘으로는 바닥을 기어 다녀야 하는 운명
지나가는 이의 발에 밟힐 수 있지만
기댈수 있는 나무가 있어
오늘도 힘차게 발판으로 찍고 올라
지나가는 사람들에게 행복을 주는꽃
능소화

통째로 고귀하게 떨어진 꽃속에 커플링 두 개
귀한님 손가락에 끼어 주고 싶은 반지 하나
내 손에 끼어본다
보석보다 더 빛나는 능소화 반지
임금을 그리워하는 소희 아씨도
그 반지를 보며
님 생각 했으려나

버림받은 신과 꽃다발

김미향

거리에 뒹구는 신발 한 짝
무엇이 급해 한 짝은 두고
한 짝만 신고 가벼렸는가
주인을 기다리는 신발 한 짝
쓸쓸히 주인을 기다린다

벤치에 예쁜 꽃다발
받지나 말던지
줄 때 행복했을
그 누군가의 마음까지도 팽개쳐 있다

감자

김미향

하지가 되니 감자 캐는 사람들이 보인다
봄에 심어 하지에 캐는 하지감자

하지에 심어 가을에도 캐고
　또 가을에 심어 겨울에도 캐고

요즘 감자는 시도 때도 없이
하우스 재배도 해내는 통에
계절이 없어졌다

하지감자　자주감자
워낙 좋아해
한 냄비 쪄서 먹었다
상추에 찐감자를 얹고 고추장을 얹어
어릴적 먹던 느낌을 되살려
추억을 먹었다

바스라기꽃

김미향

만지면 바스라질것 같아
바스라기꽃

조화같은 꽃
종이꽃

밀짚모자 같고
밀짚모자 만지는 느낌
밀짚모자꽃

자꾸 만져보고
싶은 꽃

가짜 같은데 진짜 꽃이다

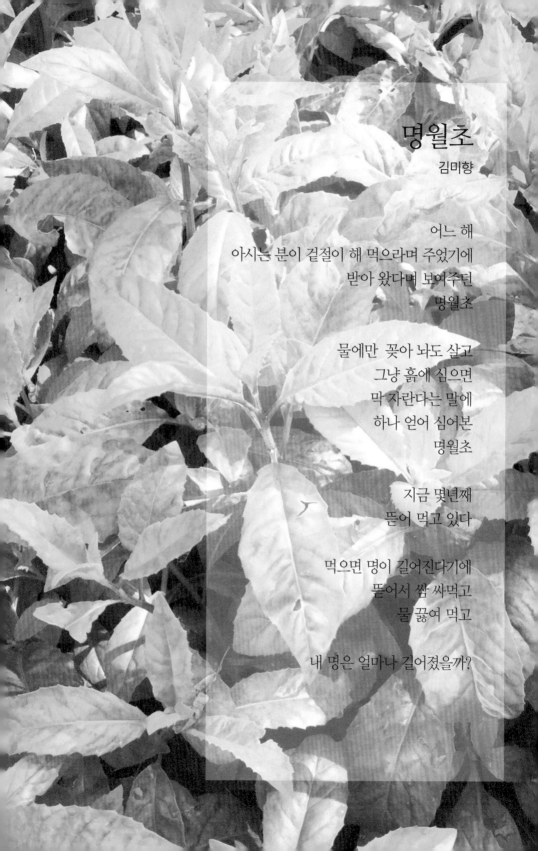

명월초

김미향

어느 해
아시는 분이 겉절이 해 먹으라며 주었기에
받아 왔다며 보여주던
명월초

물에만 꽂아 놔도 살고
그냥 흙에 심으면
막 자란다는 말에
하나 얻어 심어본
명월초

지금 몇년째
뜯어 먹고 있다

먹으면 명이 길어진다기에
뜯어서 쌈 싸먹고
물 끓여 먹고

내 명은 얼마나 길어졌을까?

김영분

김영분 시인은 대구에 거주하며
대구농수산물 도매시장 경매 자영업을 하고 있습니다.
시를 꾸준하게 창작하며
인향문단을 통하여
작품을 발표하고 있으며
개인창작집을 준비하고 있습니다.

감자

김영분

감자를 캤습니다.
한 알에 그리움이
한 알에 사랑이

주렁주렁 맺혀 있는 줄
몰랐습니다.

그리워서
시리도록
그리워서

하얀
그리움이 되어
누워 있는 줄
몰랐습니다.

머위

김영분

너
거기 있었네

그대 닮은 너
무리지어 기다리고
있었구나

보고 싶어서
파랗게 질리도록
보고 싶어서

그리움 가득 채워
기다리고 있었구나

네 생각

김영분

방안은
온통 네 생각으로 가득하다
밤새도록 잡아 두려고
불을 밝혔더니
네 생각이 달아났다

사과껍질을 길게 깎아
너를
보냈다

땡감

김영분

마당에 있는 감나무는
장마비에 두들겨 맞아
시퍼렇게 멍이 들었다

이른 새벽에 나가보면
설 익은 땡감은 시퍼런
이마를 땅에 쳐박고
떨어져 있다

땡감은 새로 이사온
벌떼들에게 삭은 몸을
내어주고
비는 우산도 없이 감나무 밑을 드나들고

김병문

유머강사
스피치강사
심리상담사
웃음치료사
레크리에이션지도사

여의도에 가면

김병문

여의도에 가면 방송국도 있고
푸른 숲 공원도 있고
한강도 있고,
왠지 여의도에 가면 설레임과 기대가 있다.

벚꽃을 볼 수 있는 윤중로길도 있고,
오월은 푸르른 주변 자연경관과 함께
여의도에는 싱그러움이 더해져간다.

봄이 가고 다른 계절이 와도
여의도에는 새로운 설레임이 넘쳐난다

장미

김병문

장미꽃 피는 계절
오월에는
곳곳에서 장미가
행복의 미소를 주어요

오월의 장미는
축제를 불러오고
장미는 사람들에게
기쁨의 노래를 주어요

마포설렁탕

김병문

마포설렁탕
김치깍두기와
맛있는 겉절이

아삭아삭한 김치깍두기를
베어 먹으면
먹는 기쁨이 두 배가 되어요

하얀 국수에 파를 넣고
마포설렁탕을 먹으면
세상 다 가진 행복함이 느껴져요

다시 마포설렁탕을 먹으면서
그곳에서 내 인생의
추억을 저장하고 싶다

수제비

김병문

수제비를
한 그릇 먹는다

추억을 자극하는
고향의 맛

어머니의 손길 같은
따듯하고 담백한 수제비 한 그릇에
인생의 맛이 난다

소나무

김병문

푸르름을 간직하는
청송 소나무

말없이 자기의 몫을 다하며
성장하는 늘 푸른 소나무

늘 변함없는 모습으로
독야청정 하는 소나무

저 푸른 소나무의 기운을
받고 싶다

김서진

김서진 시인은 웃음기(氣)가 많고 명쾌 발랄한
성격을 가지고 있습니다.
문학을 좋아해 늘 글을 쓰고 있고 별명은 문학소녀이자,
장난꾸러기 소녀입니다.
시 창작은 오래되지 않았지만 개인창작집 발간을 위하여
오늘도 노력하고 있습니다.

나즈막한 밤

김서진

나만의 꿈동산에 냐들이 가 봤소다
나만의 꿈동산의 따른 별명은
웃음동산이라 하오이다
웃음꾼들은 동산의 주인어였소다

꿈동산은 너 나 할 것 없이 웃기에 바빴소

글쓴이는 낭만주의를 추구하오

나다운 빛이다

김서진

빛이 도는데 가장
나다운 빛이다
그 빛이 나와 가까운
거리에 있었을까요
나다움을 빛으로
만들어야겠어요

세상은 나의 빛이 되어 자라주었다
세상은 나를 비춰주었으며,
글에 빛을 옮겼다

빛은 늘 끝자락에 빛의 기운이 보인다.
빛이다

그러니 포기하지 말아라.
포기하려는 때에
빛이 돌고 있을 것이다

빛은 늘 옆에서 지켜주고 있다

창작

김서진

창작은 연필을 움직이게 하네.
머리와 손이 동시에
동글동글 돌아가네.
어떤 창작을 만들어볼까하네.
창작에는 정답이 없다네.

둥글둥글, 동들동글,
납작납작, 찌글찌글
창작해간다네

달빛에 글을 실어 나르네

김서진

달빛에 몸을 실어 춤을 추네
달빛에 젖어! 글을 실어 나르네
나그네는 오늘도 어김없이 걷네
달빛을 따라 가네
짐을 실어 날라 거리를
떠나는 나그네는 방랑자네

꿈나무 돛

김서진

희망찬 배에 돛대를 달았다
희망배에 돛대가 달리니, 희망배에
기름을 채웠다 나의 희망에도 돛대가 달리기를

사람들에게 나의 희망이 되어지고싶었다.
어머니, 당신은 저의 희망입니다.

꿈과 희망이 아이들에게 자라나기를.
꿈나무를 배에 실어주고 싶었다.

너네는 나의 희망이자, 꿈나무란다.

김자경

김자경 시인은 강원도 태백에 거주하고 있습니다.
문학을 좋아하고 시를 꾸준하게 창작하면서
인향문단을 통하여 작품을 발표하고 있습니다.
개인창작시집과 한시번역에 대한
책의 출판을 준비하고 있습니다.

새벽이슬 晨露

김자경

새벽이슬이 살그머니 내려앉는다
잠에서 깨어 눈 비비고 창밖을 보니

공기 속에 새벽어둠이 허우적거리어
흔들어 깨워도 멍하니 쳐다볼 뿐이다

어젯밤 힘들었던 그리고 바람이 불던
그 모든 것이 홀가분하게 미련 없이

버리고 싶은 마음이 간사해지는 이 순간
이마 주름도 어쩌면 펴지는 듯한 가벼움

이슬이 동글동글
그리움을 흔들어 놓는다

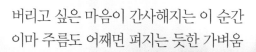

내 마음에 그곳

김자경

어느 늦가을 즈음
햇볕이 좋아서 난간에 기대여서

햇빛을 한몸에 받는
밤이 아닌 하얀 대낮에 꿈이 아닌

생생한 현실 속에서
살짝 마음을 열어 바람과 속삭이듯

사랑해 오늘이여
그곳으로 날아가는 마음을 추슬러

히얀 구름 타고 몰래 달린다
어딘지도 모르는 그곳으로

작은 뜨락이 보인다..
그림 같은 정원에 꽃구름이 활짝 핀

그곳이다
내 마음속에 그곳이여

둘레길

김자경

서산에 걸린 해가 가물가물 넘어간다.
이맘때면 늘 둘레길을 찾는 나이다

저녁 어둠이 곧 하늘을 뒤덮는 기분이다
앞에서 두 사람이 걷는 모습이 보인다

이 시간 때인데 사진도 찰칵거리며 찍는다
나이도 지긋한 사람들 꽤나 친근해 보인다

밤이 되면 좁은 둘레길은 혼자서 버텨본다
아무도 없이 이 밤에 묵묵히 혼자 지킨다

나는 둘레길 신세가 되고 싶지는 않지만
혼자서 둘레길을 밟으며 생각에 빠진다

혼자 가는 인생길이라
그렇구나

가을밤 秋夜

김자경

오늘 밤도 내리는 가을비에 바람은
온데간데없이 사라져

귓가에 들리는 후두둑 빗방울 소리
그대 소리 가득하여라

창문 너머 그리움에 목메임 가득 차
달빛 없는 하늘 캄캄한 밤

피어나는 꽃처럼 그대 얼굴 떠올려
숲속에 흔들리는 풀잎들은

애잔한 사랑의 노래에 촉촉해지어
불러주는 그대 이름이어라

어둠이 내린 골목길 사이를 더듬어
밝혀주는 그대의 빛이여

늦은 밤공기도 자연의 아름다움을
감상하는 오늘 밤이더냐

카페에 가면

김자경

밤늦게 찾은 카페이다
발길은
나도 모르게 카페로 향했다

일년이 넘은 지금에도
행여나
그리던 그 사람이 와 있을까

카페에서 만난 그 사람
오늘도 어김없이
찾아오리라 믿는다

잊을 수 없는 기억 속에
마음으로 그려보는
그 얼굴 떠올리며

또다시 찾은 이 카페
잊지 못해 찾은 이곳이
나를 울린다

남궁 실비아

남궁 실비아 시인은
경기도 파주에 거주하고 있습니다.
향장이라는 잡지에 꽁트를 발표하며
본격적인 글쓰기를 시작하였으며
여성동아에 컬럼을 쓰기도 하였습니다.
황톳길이라는 문학동인회에서 활동하였으며
지금은 자신의 글을 모아
수필집을 내려고 준비하고 있습니다.

가슴을 베이다

남궁 실비아

내가 아픈 건
비단 나의 심장이
베어서도 아니다

스치는 바람에도
찢어지는 아픔이다

가슴이 베어진다는 것은?
애가 다 타버려
없어지는 것

가슴이 메이게 아픈 것은?
너를 나에게서 보내는 일이란 것을
가슴에
구멍이 난 후에 알았다

이녁 오시오

남궁 실비아

보소
버선발로 오시게나

이 비 후둑 그치면
처마 위
구름 타고
이곳으로
궁디 들이밀고
싸게 오시게나

산자락
어둠이 깔리거든
풀밭 헤치고
서둘러 싸게 오시게나

아픔

남궁 실비아

지워지지 않은 자욱
아픔이 새롭다

내 스스로 만든 감옥에서
나오려
안간힘을 써봐도

아픔
그 놈은 툭 하고
일상으로 쳐들어 와
잠시 잊었던
아킬레스를 건드린다

아픔
그 놈 참 슬픈 놈이다

뭉개구름

남궁 실비아

코발트 하늘에
목화씨 같은
하얀 구름이
웃고 있다

잠시 하늘속에
내가 올라가
구름 사이로
내려보니

세상 사는 사람이
옹기종기 소꿉 놀이를 한다

꼼지락…
꼼지락…

용서
남궁 실비아

용서는 낙숫물에
바위를 깰만큼 아프다
용서는 받는 자 또한
그만큼이나 아팠으리라

용서란?
어쩜 인두자욱이 남은
가슴의 상처를
가슴 보자기에 싸서
서로들 꺼내지 말자고
매듭을 짓는 일

용서, 그것은
눈물이다

민병식

전) 경기브레이크 뉴스 작가
현) 새한일보 논설위원
현) 대한시문학협회 경기지회장
현) 다솔문학회 회원
현) 다향정원문학회 회원
현) 동방문학 회인
현) 인향문단 회원
현) 21문학시대 회원

2019 문학산책 공모전 시 부문 최우수상
2019 온고지신 문예공모전 시 부문 최우수상
2019 강건문화뉴스 올해의 작가상
2020 詩詩한 남자 문학상 공모전 수필 부문 최우수상
2020 제20회 전국 호수예술제 백일장 산문 부문 우수상

저서: 2018 시집 살아있을 때 사랑하라 외 다수

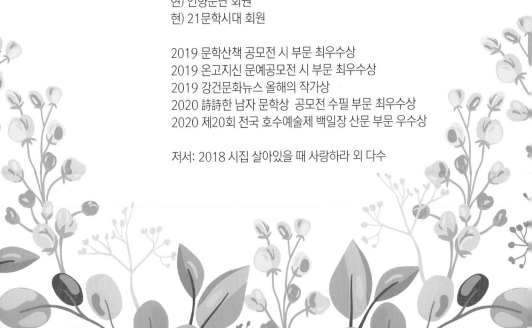

황새냉이꽃

민병식

그대 그리운 마음
밤을 달리는 열차처럼
쉬임없이 치닫더니
새벽 녘이 되어서야
잠시 숨을 고르고
앞 마당 텃밭에
이슬 맺힌 꽃으로 피었다

채송화

민병식

보고프다 말하면
혹시오려나
그리웁다 말하면
나타나려나

채송화 꽃 활짝피어
꽃마중 가니
그대 예쁜 미소 떠올라
가슴 설레네

달맞이꽃

민병식

님이 꽃인지 꽃이 님인지
어울렁 더울렁
가슴을 향기로 물들이고

새벽 먼동이 트면
떠나신다하니
이 밤이 다가도록
사랑에 취해보련다

코스모스

민병식

안개비 하얗게
이슬되어 내리고

홀로 피어 있어
아름다운 꽃 한송이

분홍 나비되어
내 마음 위로
살포시 내려앉는 밤

국화

민병식

진분홍 꽃잎
노오란 꽃잎
사늘 사이 동동 떠다니면

잠깐 왔다 가버리는
아쉬운 향기 놓칠세라
한 웅큼떠서 가을을 마신다

민성식

민성식 시인은 충청남도 논산에서 태어나 초등학교를 논산에서 다녔습니다. 그 이후 대전으로 나와 지금까지 대전에서 살고 있습니다. 시를 꾸준하게 창작하면서 인향문단 5집에 참여하면서 자신의 작품을 인향문단에 발표하고 있습니다. 지금은 화물차 운송업을 하고 있습니다.

봄바람

민성식

살랑 살랑 불어오는 봄바람
봄조차도 반갑다고
빙그레 웃습니다
제일 먼저 나의 눈에
뽀뽀해주는 봄바람
그 고마운 봄바람아
불어다오

내 얼었던 몸 간지럽듯
따사롭게 시냇물 흐르고
푸른 풀내음 띠고
옷자락 흔들거려 그 옛 그리움
마저 넉넉하게 불어다오

봄향기 한껏
얼싸안고 불어다오

작은 새가 날아와

민성식

봄꽃 다시 피고
종달새 날아오는
그 아름다운 모습에
그리운 사람의 모습이
절로 떠오르네요

떨칠 수 없는 울적함
또 그리움

나에게 찾아온
작은 새 한 마리는
창가에 가까이 와
재잘재잘

인사하면서
위로해 주네요

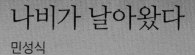

나비가 날아왔다

민성식

아무도 없는 나에게
한 마리의 나비가 날아왔다

신비한 옷 한 벌
살포시 걸치었네

그래 날아보자꾸나
훨훨 날아가

아름다운 꽃동산까지
날아가
꽃처럼 피어나보자꾸나

새벽 풍경속에서

민성식

구름 속을 뚫고
떨어진 별들이
온 세상에 가득합니다

사랑스럽습니다
예쁜 별꽃 세상이
펼쳐진 듯 합니다

새벽이슬도 초롱초롱 빛을 냅니다
그러나 아직은
바람이 춥습니다

떨어진 별들 사이에서
바람 앞에 흔들리는
이슬 같은 그대

그래서 마음은
아직 웃을 수가 없습니다

들꽃이 나를 부른다

민성식

따뜻한 삼월 하늘이 내미는
꽃잎 보아라

눈꺼풀 치켜들고
환희의 순간을 보아라

굳게 닫혔던 세상에
내리쬐는
햇살은 따듯하고

살랑바람에 얼굴 묻은
향기로운 들꽃들이
꽃이 되어보라네

꽃이 나를 부르네

박건석

박건석 시인은 경기도 기흥에 거주하고 있습니다. 대학에서는 국문학을 전공하였으며 대학을 졸업하고는 대기업에 취업하여 다니다가 자신이 회사를 설립하여 운영하기도 하였습니다. 지금은 경기도 기흥에서 오뜨아르라는 이름으로 레스토랑, 와인바, 카페를 복합 운영하면서 외식사업을 하고 있습니다. 사업을 하면서 멀어져갔던 문학에 대한 열정을 다시 살리면서 시창작을 시작하였습니다.

세상을 살다 보면

박건석

세상을 살다 보면
좋은 일보다는 나쁜 일들이
기쁜 일보다는 슬픈 일들이
행복보다는 불행한 일들이
더 많다

그러나
나쁜 일이 없는데
좋은 일이 있을 수 없고
슬픈 일이 없는데
기쁜 일이 있을 수 없고
불행한 일들이 없는데
행복한 일들이 있겠는가?

우리의 아픔과 슬픔
이 또한 지나가리라

별빛 흐르는 하늘에 그리움 한 방울

박건석

깊은 그리움에
잠을 이룰 수가 없다

아직은 어두운
세상

새벽녘
어두운 하늘을 바라보는데
별빛 사이로 보이는 것은
나를 부르는 그대

상처 입고 눈물 흘리는
그대

내 젊은 날의 여행

박건석

어디론가 떠나는 완행버스를 탔습니다
비릿한 냄새로 가득한
히터가 고장 나버린 완행버스는
조그마한 읍내를 벗어나
비포장도로를 달리고 있었습니다

낡은 버스는 심하게 덜컹거렸으며
버스가 흔들릴 때마다
나의 몸도 심하게 흔들렸고
상처 입은 나의 영혼도 흔들렸습니다

그해 겨울 내내
세상의 미로 속에서
출구를 찾지 못하고
나는 세상 밖을 꿈꾸었습니다

박기종

박기종 시인은 경기도 수원에 거주하고 있습니다.
시를 꾸준하게 창작하며 인향문단 회원으로서
시를 발표하고 있고 인향문단 잡지를 통하여
작품을 발표하고 있습니다.

보고싶다 친구야

박기종

무궁화호를 타고 여행을 떠났던
아주 오래 전의 추억
그때 같이 했던 친구의 소식은
졸업 이후
지금까지도 알 수 없었다
거리를 지나다가
혹시나 해서 사람들을 쳐다보지만
이제는 이름도 가물가물하고
얼굴도 알 수가 없다

보고 싶다
그때 밤하늘의 별을 보며
꿈을 이야기하던
친구야

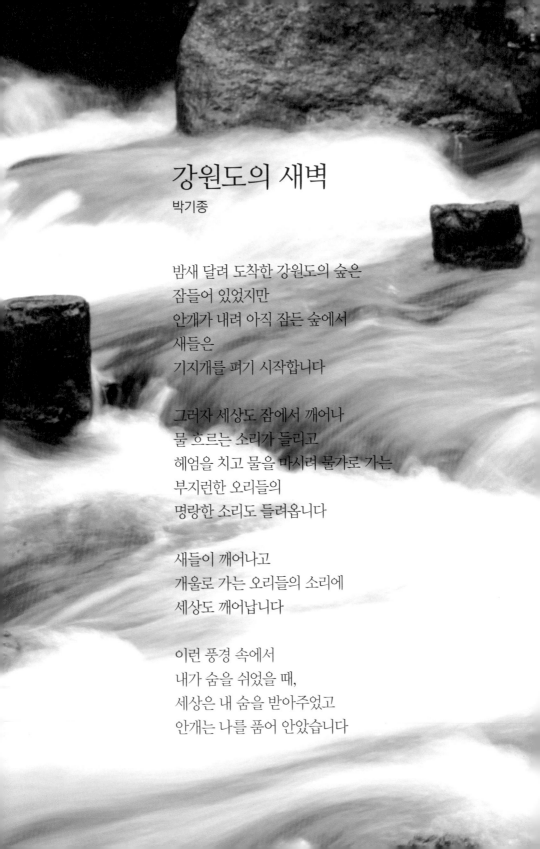

강원도의 새벽

박기종

밤새 달려 도착한 강원도의 숲은
잠들어 있었지만
안개가 내려 아직 잠든 숲에서
새들은
기지개를 펴기 시작합니다

그러자 세상도 잠에서 깨어나
물 흐르는 소리가 들리고
헤엄을 치고 물을 마시려 물가로 가는
부지런한 오리들의
명랑한 소리도 들려옵니다

새들이 깨어나고
개울로 가는 오리들의 소리에
세상도 깨어납니다

이런 풍경 속에서
내가 숨을 쉬었을 때,
세상은 내 숨을 받아주었고
안개는 나를 품어 안았습니다

고향의 마음

박기종

푸른 하늘을 받치고 있는 군자산 있는 곳
봄에는 물안개 속에서 버들강아지
산들산들 반겨준다
마음이 따뜻하다

여름에는 푸른하늘을 벗삼는
군자산은 푸른색으로 갈아입는다
물결이 찰랑찰랑 인다
마음이 시원하다

가을에는 푸른하늘을 시기하듯
군자산은 붉은 색으로 갈아입는다
물결을 거슬러 올라가는 버들치 한쌍
정겨워 보인다
마음이 설레인다

겨울에는 푸른 하늘에 경의를 표하듯
군자산은 하얗게 치장을 하고
흐르는 물은 얼음으로 답한다
마음이 따뜻하다

박은옥

박은옥 시인은 충남 서산에서 태어나 유년시절을 보냈습니다. 초등학교 6학년때 부천으로 전학와서 학창시절을 보냈고 결혼후 잠시 다른지역에서 생활하다 10년전에 다시 부천으로 이사와 현재까지 거주하고 있습니다. 학창시절부터 글쓰는 걸 좋아했고 지금은 고등학생 과외를 하면서 매일 반복된 생활에 글을 쓰는 건 삶의 활력을 주었습니다. 인향문단에 시를 발표하면서 등단하였습니다. 인향문단 시화집에 참여하면서 활발한 창작활동을 하고 있습니다.

노을속을 걸었다

박은옥

이리 흔들리고
저리 흔들리다
돌아가는 하루

지친 하루를
고스란히 끌어안고 가는
가여운 모습에 붉은 노을은
말없이 앞서 걷는다

내가 저 산을 넘어야 니가 쉴 수 있기에
빨리 넘어가야할지 천천히 넘어가야할지
노을도 너처럼 맘만 흔들리다만 하루

노을속을 걸어간다
고단함에 지친 하루를 쉬기 위해
노을속으로 걸어간다

풀이 이슬에게

박은옥

가냘퍼 보이는 너는
태양이 떠오르면 사라지고
바람이 찾아오기 전 사라지지

잠시 새벽에
바람도 태양도 없는
순간에만 존재하면서
넌 떨어지는 게 아니라
나에게서 사라진다는 생각을 했지

태양을 막아줄 수도
바람을 멈추어줄 수도 없는 나도
사람들은 연약한 풀이라 하지
그러면서 사람들은 말하지
비바람도 이겨내야 강해진다고

하지만 만물은 영원하지도 순간적이지도 않아
세상의 모든 존재는 인연으로 이루어지지
너와 내가 잠시 만나는 새벽인연처럼

이슬아, 네가 존재하는 그 순간이
네가 태어날 수 있는 조건이 갖추어진 거야

네가 약한 게 아니야
비 바람속에서
난 내 자리에서 누웠다 일어서는 법을 알았듯이
너와 내가 존재하는 그 순간이
우리가 존재하는 의미야

비가 내린다

박은옥

내리는 비에 머릿속에 생각도 함께 내려간다
찌꺼기가 남아 머릿속이 누런 황토색인가 보다
비는 내리며 나뭇잎에 묻은 세상의 먼지를 데려간다
비는 먼지를 안아
원래의 자리에 살며시 데려다준다
나뭇잎에게서 초록의 향기가 난다

내리는 비에게 맡겨 보내려고만 하지 말자
남아있는 찌꺼기를 살며시 안아 주자
보낼 건 보내고 남길 건 남기는 비처럼
상처도 극복하려고만 하지 말자
나 자신을 바라보고 힘들었을 나의 상처를 안아주자
잘 참았노라고
내 상처가 아픔의 기능을 잃어버렸다

비 온 후의 세상은 맑고 깨끗한
무지개가 뜨는 세상이니까

기쁨을 선물 받았다

박은옥

추운 겨울 산책로 벤치
매일 같은 시간 같은 벤치에
파란 플라스틱 슬리퍼에 누추한 옷차림의 할머니
지나가는 사람들의 시선을 애써 피하시던 할머니

얼마나 추우실까
신발이라도 사드리고 싶은 맘에
주머니 속에 돈을 만지작 만지작
내 손은 내 주머니 밖을 나오지 못하네

육체적 추위를 감싸 주고 싶은 나의 마음이
오히려 할머니 마음을 춥게 할까 봐 두려워
오늘도 조용히 할머니 옆자리에 앉아
주머니 속을 만지작 만지작 하다가
두 손 살며시 용기를 내어 아무 말 못 하고
손에 봉투를 전해 드린 날

나의 마음을 아셨을까
나의 두 손을 꼭 감싸 주시며
웃어 주시던 할머니

그제서야
나도 웃을 수 있었던 그날
내 마음에 진정한 기쁨을
느낀 날
할머니에게 참 기쁨을 선물 받았다

어느날 나를 만났다

박은옥

달빛아래 신작로 길 걸어 오며
달님도 나를 따라 같이 걸어주던 밤은
달님이 갖고 싶어지면 가질 수 있었다

햇빛만 필요한 줄 알았던 내 삶에
언젠가 부터 더는 밤하늘의 달님은
나를 따라 오지 않았다

내 삶의 햇빛이 먹구름의 심술에 지쳐
잠시 쉬러 갔던 날
낮이 밤처럼 어두운 날
달님이 생각났다

다시 찾은 달님은 나를 떠난 것이 아니라
햇빛의 밝음에 내가 달님을 외면했었다
여전히 달은 나의 마음 속 그 자리에 있었다

마음속 달님과 현실의 달님이 만나던 날
마음속 난 현실의 나와 마주서서
현실 속에 가려진 나의 눈을 벗겨 주었다

박호제

최종학력 :경희대학교 사회교육원 졸업
현재직업 : 전업주부
취미 : 요리
본업 : 가수
특기 : 노래, 글쓰기

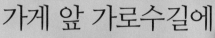

가게 앞 가로수길에

박호제

오일장에서 사다 심은 패랭이꽃
이삼일은 물과 영양제를 적당히 뿌려주고
남편의 정성이 많이 들어가
잘 자라길 바랬는데

글쎄 오일째가 되니 활짝 피었다.
한참을 바라보다가
그만 맘을 빼앗겨 버렸다.

달덩이 같은 내 얼굴

박호제

올해도
지난해도 단호박이 매일 눈앞에 놓여있다

오늘도
눈꼽도 떼기전
우유 한잔에다 천천히 먹는 중!

즐겁게 손질하는 우리 남편 덕분에
내 두볼이 포동 포동해 졌다.

현실

박호제

현실이 혼란스럽다.
그래도 다행인 건
함께 일할곳이 있다는 것이고
이렇게 상생할수 있다는 것이다.
서로 웃고
부딪쳐가며 보듬어주고,
그렇지만
삶은 누구에게나 고됨이다.

내가 왜

박호제

굽이치는 그리움에
가끔 흔들려도
난 슬프지 않다

든든한 버팀목이 돼어주는
사람이 있으니까

정성들인 화초가
아픈 마음 달래주고
서투른 시 한편 쓸 수 있는
시간이 주어지는데
뭔 설움…

피는 꽃
박호제

날 봐요
참 예쁘죠
살살 만져보세요

지는 꽃
날 봐주세요
내일 다시 필 거라고요
두고 보세요

더 활짝 핀 옷을 입고서
부를 테니까요

방긋방긋 웃으며
요기요
부를 테니까요

박효신

박효신 시인은 충청남도 아산에 거주하고 있습니다.
인향문단에 시를 발표하며 등단하였습니다.
왕성한 시작활동을 통하여 첫 창작시집인
"나의 세상"을 발간하였습니다.
그리고 이제 두번째 시집
"내 눈에 네가 들어와"를 발간합니다.

청춘

박효신

해가 지고
귀뚜라미 울음소리가
내 마음에 들려온다

그렇게
내 청춘의
가을이 왔다

성산 일출봉

- 박효신

성산 일출봉 앞바다에
몸을 던진다
여명이 떠오르는
성산 일출봉
금빛 여울 타고
춤추는 바람이여

눈 내리는 저녁

박효신

그리움에 잠 못 이루는 밤
엎치락뒤치락 하다가
창문을 열고 밖을 바라보니
그대가 몰래 다녀간 자리
하얀 눈 위에
눈물만 남기고
바람 따라 가버렸네

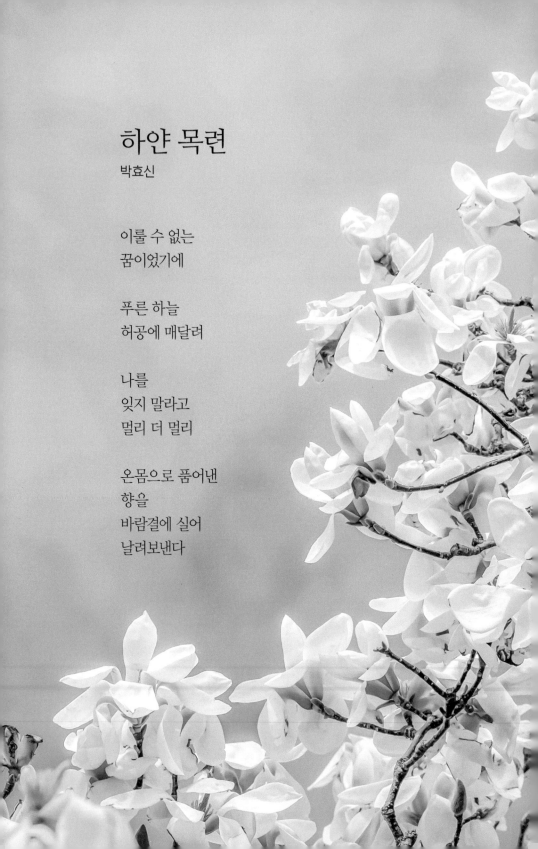

하얀 목련

박효신

이룰 수 없는
꿈이었기에

푸른 하늘
허공에 매달려

나를
잊지 말라고
멀리 더 멀리

온몸으로 품어낸
향을
바람결에 실어
날려보낸다

봄이 오는 소리

박효신

들리나요?
메마른 땅에
봄비 내리는 소리

들리나요?
싹을 틔우려 몸부림치는
땅의 숨결

봄비 내리는 들판에
봄이 오고 있어요

신명철

신명철 시인은 1965년에 출생하였고
충청북도 충주에 거주하고 있습니다.
문학을 전공하였고 시를 꾸준하게 창작하면서
인향문단을 통하여 작품을 발표하고 있습니다.
현재 개인시집을 출간 준비하고 있습니다.

고사리

신명철

마른 간장독
덩이진 소금기는
싹보다 먼저
산길을 만들어
들을 다 뒤집어도
채우지 못하는 허기
지난 가을 사라진
곡식의 흔적

단풍에 이르길

신명철

숲의 방황은
가을까지 이어졌다
상강의 시간
서리는 아직인데
가을비는 마른 잎에 젖어
내를 이루어 간다
낙엽 하나 떠나면
몸 둘 곳 없어
삭은 검정 고무신
엉켜 쥐고 굵은 비에
같이 젖는 오전 한낮
낮은 바람소리는
계곡에서 침묵한다
나는 그에게
기다려 주는 것 말고
해줄게 없다

소금피리

신명철

염장을 기다리는 적나라한 시간
바다를 건너온 적도의 태양은
맨살을 태워 개펄에 던지다
슬금슬금 피어나는 염매화
물을 딛고 일어나
꽃 기둥이 되다
해풍을 따라 조각을
털어내며 부르는 낮은 노래
염부의 등에 걸려
삭아 닳아진 가락들이
물결을 보며 되살아나다
물차 도는 소리에
뜬금없이 흩어지는 소금꽃
소리가 한숨에 묻히다

시인

신명철

내가 아는
시인의 걸음걸이는
해질녘 눈이 오는 산모퉁이를
걱정 없이 걷는 바람 같더라
시절 없이
피어오르는 산연기를 닮은
토막굴
마른 낙엽 냄새 같더라

이슬에 관하여

신명철

물그림자는
깊이를 묻지 않는다
온전한 것들의
모습은 너 하나로 족하다
어둠은 산으로 가고
바다로부터 전해오는
분명하지 못한 꿈들이
투명한 이슬로 남아
젖은 것들의 무게를
잊으라고 한다
땀으로 젖어 뒤척이던
잠의 배회를
기억하지 말라고 한다

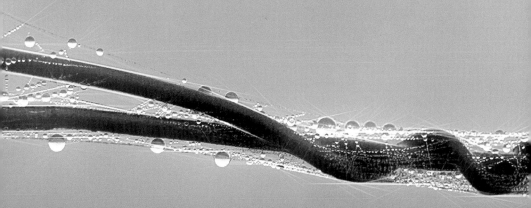

안수하

안수하 시인은
충북 청주에 거주하고 있습니다.
시를 꾸준하게 창작하며 인향문단을 통하여
작품을 발표하고 있습니다.

흐린 수요일 아침

-안수하

생각하지 않아도
시간 맞춰 눈을 뜨고
집안정리 하고
출근준비하고
생애 한번 뿐 일 오늘로 출발

미련이 남은 겨울과
부끄러움이 많은 봄의 줄다리기인냥
눈이 오다 비가오다
어쩔줄 모르는 하늘만 울상이다

비오는 수요일이라며
장미 내밀어줄 이는 없지만
그래도
씩씩하고 상냥하게
하루를 채우며 시작한다·

선유도의 다리

안수하

겨울바람 머금어 하얗게 얼어붙은
바다의 춤사위 파도
그 위를 지키는 묵묵한 다리

새 삶의 터를 잇듯
신시도를 지나 선유도에 이르는
과묵하고 듬직한 다리

아련함처럼 가로등이 눈을 뜨고
하루내 부시대던 햇살이
빛을 내리고 잠을 청할 때의 아름다움

사진 한 장으로 남은 추억이지만
늘 과한 아름다움이다

여행

-안수하

삶이라는 버거운 이름
버리듯 부린 하루

길기도 하던 여행길
넓은 세상 사람은 또 그리 많은지

눈부신 아침이 주는 벅차오름
오래고 오랜 버거움이 타버린듯

가득히 차오른 열정
다시 돌아온 삶
살아있음을…

풍경

-안수하

하얗게 들판을 지키는
비닐 하우스 사이로
더 하얗게 내려앉은 11월 서리
그 곁을 지키는 미처 떠나지 못한 몇잎 나뭇잎
여미는 바람에 흔들리며 가을을 이야기한다

고되고 아름다웠던 지난 계절을
비워내지 못하고
가슴에 기억에 채곡히 담은 채
또 한 계절을 맞이할 채비에
주섬주섬 바쁘다

겨울이 오고
하얀눈 쌓이면
또 다른 계절을 기다리며
봄을 이야기해야지

등대

-안수하

지치고 지친 하루의 끝
눈부신 태양이 가뭇가뭇 눈 감을 때
노닐던 구름 앞다투어
붉은옷으로 갈아입고
맵시 자랑 줄을선다

태양도 긴 여정을 떠나고
구름의 맵시 자랑도 지쳐
빛 고운 노을조차 시간속에 잠길 때
부시시 눈뜨는 등대

새벽이 붉은 빛으로 다시 태어날 동안
도란 도란 달님과 속삭이다
소곤소곤 별님과 수줍다가
모진 바람속
드센 빗방울 속에서도
묵묵히 길찾는 나그네들의
버팀목이 된다

삶에도 끝까지 바라보며
따라갈 등대 같은 불빛이 있다면
지금보다는 삶이 수월했을까?

이관영

이관영 시인은 경기도 동탄에 거주하고 있습니다.
문학을 좋아하고 시를 꾸준하게 창작하였습니다.
인향문단 회원으로서 시를 발표하고 있고
인향문단을 통하여 작품을 발표하고 있습니다.

세상에서 나는 노래하리라

이관영

내 자신을 아름답게 가꾸리라
내가 어디에 있든
내 주변에 행복을 가져다 줄 수 있는
그런 사람이 되기 위하여
고귀하게 나를 만드리라
나는 행복을 주는
그리고 기쁨을 늘 줄 수 있는
그런 사람이 되리라

아름다운 리듬이 늘
나와 함께 하도록 하리라
저 들에 핀 한 송이 들꽃이
노래하는 것처럼
세상에서 나는 노래하리라

내가 할 수 있는
최선의 것을 하면서

이관영

세상에서 열심히 살았다고
위안을 삼기도 하지만
흐르는 세월이 야속하기만 합니다

그래도 세상에
조금이라도 도움이 되는 사람으로 살았다고
나를 위로하지만 마음은 슬퍼집니다
누구든 아는 것이지만

세월을 돌리거나 잡을 수는 없습니다
이제는 세상을 살아가면서
내가 할 수 있는 최선의 것을 하면서
살아갈 것입니다

살며, 사랑하며, 배우며
오늘도 살아갈 것입니다

이 봄 한 송이 꽃으로 피어나

이관영

겨울을 이기고 꽃이 피기 시작합니다
하나의 꽃이 봄을 가져오듯이
꽃이 피기 시작하자 세상에는
셀 수 없이 많은 꽃들이 피어나고 있습니다

어린 시절, 들로 산으로
꽃길을 따라 걷던
순수의 시절이 생각납니다

그때처럼 맑은 영혼의 꽃으로
피어나고 싶습니다

이 봄 한 송이 꽃으로 피어나
세상을 아름답게 하는데
보탬이 되고 싶습니다

람천 이범문

인천 출생
호원대 중국관광통상학과 졸업
법무부장관상,
인천시장상 수상
문학촌 훈장
현대 한국인물사전에 등록
저서 : 무한한 도전과 내 삶의 진솔한 이야기

토박이

람천 이범문

토박이, 어딘가가 답답하다
토박이, 무언가가 모자라다

돌고도는 세상
뭐든지 바뀌고 또 바뀌는 세상
그런데 그런데
토박이는 요지부동이다

딱 한가지 자부심을 먹고 산다

한곳에서는 최고의 어른이니까
태양도 달도 지구도
우주 만물이 돌면서 이동을 한다
그것도 끝없이 먼 길을

그런데 그런데
토박이는
꼼짝달싹도 안한다
남이 듣지도 않는
큰 기침만 하면서…

열정

람천 이범문

인간은 누구나 생각을 할줄 안다
그리고 꿈을 그리며 달려간다

그런데 처음엔 잘 달리다가도
금방 지쳐서 헐떡거린다
그리곤 쉽게 포기한다

그러나 꿈을 먹고 사는 사람은
배추 셀 때만 사용하는 포기란
안중에도 없다
오로지 전진 또 전진
있는 힘을 다하여 열정을 쏟아낸다

정상에 다다르고 나서야
비로서 땀을 식히며 쉴줄을 안다

그 기쁨 그 환희는
정상에 오른 자만이
어떤 맛인지 알게된다

그래서 인간은 열정이 필요하고
근면 성실을 안고 살아야 한다

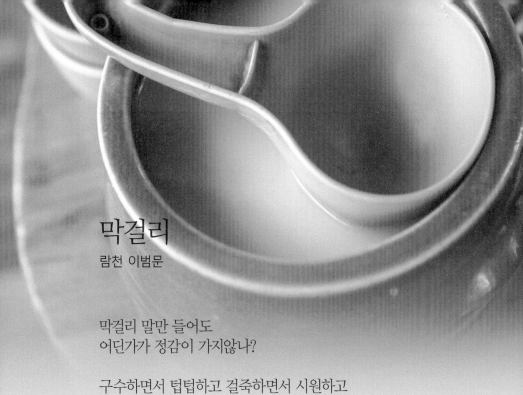

막걸리

람천 이범문

막걸리 말만 들어도
어딘가가 정감이 가지않나?

구수하면서 텁텁하고 걸죽하면서 시원하고
특히 한국인에게는 애환이 스며들어있는 술

옛날 금주령이 내려지고 술을 맘대로 빚지도 못하던 시절
남몰래 담그어 마시면 더 꿀맛 같았던 막걸리

지금은 전국 어딜가나 각기 다른 지방 막걸리가 있으니
이 얼마나 행복하고 신이 나는가 말이다

막걸리 우선 배가 부르다
그러니 폭음을 할 수가 없다
또 가격은 얼마나 저렴한가?
부담없어 더 좋다
막걸리만의 특색이요 막걸리만이 누리는 권리이다

비가 내리면 자꾸 불러주니 이 또한 얼마나 다정한가?
오손 도손 구수하게 원두막이나 냇가에 둘러앉아
주전자로 따라주는 막걸리

사랑한다 영원히

이안

이안 시인은 1970년 생입니다.
정의당 당원이며 전 인천시 주민예산 분과위원회원이며
사랑의 나눔짜장 봉사후원을 하고 있습니다.
범부의 삶이지만 문학에 대한 열정과 마음을 간직하면서
글을 쓰고 있습니다.

살려주세요

이안

人처럼 날 지탱하던
자존심은 나이 따라 바래지고
ㅏ처럼 모나게 튀어나온
쭉정이가 되어버렸네

乙처럼 허리 한번 펴지 못하고
다리 한번 뻗지 못하고 살았건만
ㅁ라는 네모 안에 갇혀버렸네

아, 난 삶이라는
구렁텅이에 빠졌다

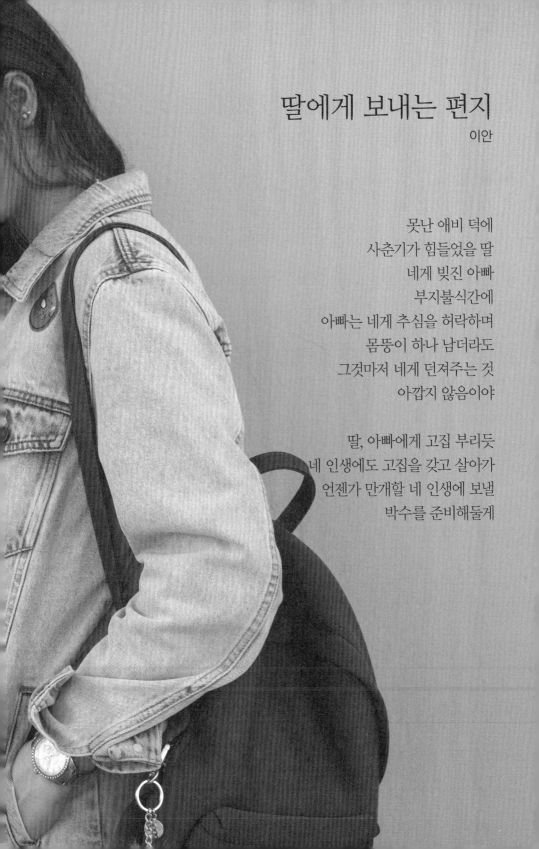

딸에게 보내는 편지

이안

못난 애비 덕에
사춘기가 힘들었을 딸
네게 빚진 아빠
부지불식간에
아빠는 네게 추심을 허락하며
몸뚱이 하나 남더라도
그것마저 네게 던져주는 것
아깝지 않음이야

딸, 아빠에게 고집 부리듯
네 인생에도 고집을 갖고 살아가
언젠가 만개할 네 인생에 보낼
박수를 준비해둘게

한색뿐인 컬러TV

-이안

지루한 장마다
TV화면엔 온통 흙탕물이 넘쳐난다
컬러TV가 맞나 싶다

그저 보고 있자니
마음에도 흙탕물이
한 가득이다

발품 팔아 도장 꾹 눌러
뽑아준 국회의원들이 나와
TV는 컬러로 바뀌었지만
내 눈엔 왜 흙탕물뿐일까?

엄마가 그랬다

이안

내 피 끓던 젊은 날
엄마가 그랬다
"차 조심하고 험한 친구들 만나지 마"
내 오십의 엄마가 또 그런다
"밥은 먹고 다녀? 김치는 있어?"
칠칠치 못한 자식
아들에 대한 안쓰러움이
목구멍까지 치받치지만 꾹꾹 누른 말일게다
내 나이 언제쯤이나
엄마가 안 그럴 라냐?

그 마음을 내려놓을 거냐?

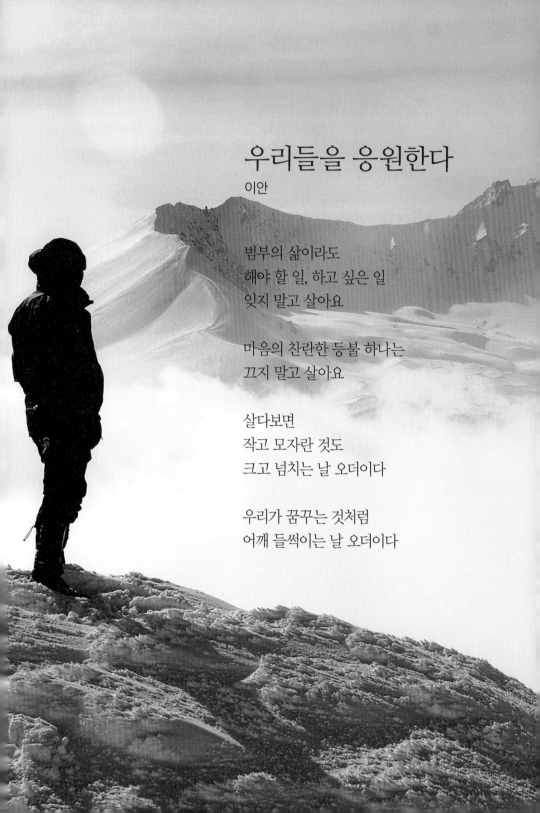

우리들을 응원한다

이안

범부의 삶이라도
해야 할 일, 하고 싶은 일
잊지 말고 살아요

마음의 찬란한 등불 하나는
끄지 말고 살아요

살다보면
작고 모자란 것도
크고 넘치는 날 오더이다

우리가 꿈꾸는 것처럼
어깨 들썩이는 날 오더이다

이유연 Lee yu youn

이유연 Lee yu youn.
청주사범대학교 졸업
프랑스 오스트리아. 미국 서양미술학   대학원
미술학 박사.
국내 외국 개인전45회
국제초대전 700회 이상.
대한민국미술대전.
(입선특선7회) 현대국립박물관 .
미국 알칸스주 빌크린트(시장초대전)
미국 독립기념순회전
트럼프대통령 라스베가스 (백갤러리) 초대전
브라질 월드컵 기념초대전 .
카사브랑카 초대전.
이탈리아130주년 기념전
스웨덴 특별초대전
프랑스 작가평론상.
한국 100인전 대상2회.
국제 국내심사 7회 .
뉴아트페어 대표
태평양 전쟁 영화제작 위원회 공동위원장
세계 문화 예술 연합회 회장.
노스웨스트 시마르 국립대학교 미술교과서 공동저자

대자연이 품속에서

이유연

젖무덤 같은 산이 있어
포근합니다
아버지의 등처럼 강이 있어
편안했습니다

산으로 들로 이루어진
이름 모를 풀잎 끝에 맺힌
눈부신 대자연의 아름다움이 있기에
나는 행복합니다

하지만 자신도 모르게
지나쳐 버린 순간순간들의
환희와 감동이 아릿한 추억의
가슴앓이로 돌아와

순박한 시골 소녀는
해맑은 미소처럼
내 마음까지도
지울 수 없는
그리움으로 남았기에…

겨울비

이유연

마음이 흔들릴 때
탁 트인 그리움 되어 오는 그대
사랑스러운 손짓으로
새하얀 목화솜 같은 눈을 밟고
하늘하늘 오는 그대

도란도란 옛이야기 꽃 피우는 날
마법 걸린 연리지처럼
소롯이 자아내는 사랑의 열망을 담아
수줍은 소녀의 가냘픈 심장에
작은 울림 되어 오는 그대

꽃바람처럼
태초의 땅을 밟고 사르륵사르륵
꽃비단 치맛자락 끌면서
순수한 마음 보듬고 오는 그대

심장의 고동
반 박자 늦은 작은 떨림
보드라운 내 살갗에 스미는 그대 손길
사랑에 목마른 영혼의 울림 그대 손길에

사랑스런 그날

이유연

이슬처럼 톡톡 튀는
동심 담은
아카시아 꽃잎 사이로 볕살 고은 날

어여쁜 눈웃음에
반갑게 마주 앉은 친구들과
멍석 깔고

옛 추억 다독이며
눈시울 적시던 마음

강물처럼 흐르는 세월 앞에
떠나보낸 외로움
알알이 영글어 가는 빈 가슴

꿈처럼 익어가는 영원한 눈물 적시며
산등선 사랑나무 걷어내고

갈맷빛 속에 풋풋하게 미소 품은
가슴에 안겨 사랑 노래 부르리.

수줍음

이유연

그대의 고운 미소
긴긴밤 내 안에서 지새더니

바람결에 숨겨왔던 시심처럼
봄 향기 물씬
사랑을 피웁니다

연둣빛 잎새에 코끝이 미소짓는
겨울을 이겨낸 햇살처럼

그렇게
가까이 속삭이는
작은 사랑

오늘도
수줍게 다가오는
바람결 사랑

그날을 위해

이유연

쉴 틈 없이
가냘픈 목마에 감기며
몸부림치는 소스람 소리

끝없이 검은 밤은
바람에 달그락 달그락
소름치는 끝자락 밀어내어
무심한 문풍지에
얼굴 내밀며 영혼을 달래고

시간 앞에는
문고리 같은 희망의 별이
오를 터이니

고단한 나목은
마음까지 아는지
꿈꾸던 세상을
알려준다

나린 이정순

경북문경출생
한국방송통신대학교 국어국문과전공
들풀문학 대상 수상
문학촌.검정서원 편집위원장
도서출판 그림책 수석편집위원
(사)한국문화예술진흥원 재무이사
전국검정고시총동문회 부회장

오늘 아버지라고
부를 수 있어 좋다

나린 이정순

든든한 그 이름, 아버지
이제는 나이 들어
마른 고목이 되어가는 아버지
아버지와 함께한 더 많은 추억을 담고 싶다

나이를 먹어 아버지를 볼 수 없을 때에
한 번씩 꺼내어볼 추억으로

얼큰하게 취해서 나훈아의 노래를 부르는
아버지의 구성진 목소리가 그립다
"다정한 친구들과 정을 나누고
흙냄새 마시며 내일 위해 일하며
조용히 살고파라 강촌에 살고싶네"

아직도 마음 가득 담아
막내라 불러주는 아버지가 있어 좋다
이놈아, 불러주는
나이 들어 쉰 목소리로 변했어도 정겹다

오늘 아버지라고
부를 수 있어 좋다

나

이정순

나약하지도
그렇다고 외롭지도 않으며
들녘의 여린 풀잎이 된다한들
겁날 것이 없다고
마음을 굳게 먹었습니다

그러나
바람에 흔들리는 낙엽 같은
나의 마음은
늘 슬픔을 머금은 외로움으로
채색됩니다

그래도 그대 웃음 속에
내가 머물기를 기원하며
그대의 마음에
황홀한 모습을
그려넣어 봅니다

친구에게

이정순

한 순간에
지나가는 바람 같은
친구가 아닌
잔잔한 호수의 여운처럼
그렇게 기억하고 싶었다

어느새 혼자만의 사랑이
힘겹게 느껴져
미울 때도 있었다
아픈 마음이 그리움에 못 이겨
미움이란 이름으로
잊어보려고도 하였다

삶의 한 조각 이별 앞에
이별의 인사를 건네어본다
그래도 봄, 여름, 가을, 겨울
어느 한 계절만은
너와의 추억으로
채울 수 있기를

전경자

전경자 시인은 1955년 서울에서 출생하였습니다. 수많은 시간들이 세상을 바꾸고 꿈을 묻어두고 세상모르고 살았던 문학소녀가 잃어버렸던 꿈을 찾아 시인이라는 길에 접어들 었습니다. 홈플러스에서 12년6개월을 근무하다가 정년퇴직을 하고 인향문단에서 인향 문단 4집과 5집에 작품을 발표하면서 작가로 활동하였습니다. 그러면서 대한문인협회에 서 "꿈을 찾아서"라는 시 외 2편으로 시인으로 등단하였습니다. 현재 대한문인협회 경기 지회 총무국장으로 활동을 하고 있으면서 활발하게 작품활동을 하고 있습니다.

푸른 달빛 아래 동백꽃

전경자

앞서가는 달그림자
오르락내리락 쏟아지는
푸른 달빛 아래

떨어지는 동백꽃 잎이
마지막 춤을
추는 밤

밤하늘의 은하수도
마지막 춤을 춘다.

새로운 둥지를 만들며

전경자

세월이 흘러
새로운 곳에
둥지를 만들어 보려 해

열정으로
심장이 쿵쾅쿵쾅 뛰던 날
어제 같은데
아득한 날이 흘렀네

그래도 다시
새로운 둥지를 만들며
터질 듯한 심장 소리가
다시 들리고

온 힘 다해
정열을 쏟고 있는
나를 발견해

아름다운 시처럼

전경자

화사한 봄볕 가득한
이 거리에서
한 송이 꽃처럼 피어
아름다운 시처럼
나를 만들고 싶었다

그러나
흔들리는 꽃잎 사이로
바람이 파고들어
나의 삶은
거미줄에 매달려
그네를 타고 있었다

그래도
내 마음에 피는
한 송이 꽃

벚꽃 사이로 바람이 불어와

전경자

꿈꾸던 어린 아이 철부지는
어디론가 사라지고
한 낯선 여자가
벚꽃 사이에서 울고 있어요

철 지난 후에
최선을 다한다 해도
늦었다는 슬픔

떨어지는
벚꽃 사이로
같이 떨어져가는
나의 꽃잎

꽃바람은 추억을 불러오고

전경자

싱그러운 봄날
남쪽에서 불어오는
향기는

겨우내
잊어버린 봄의 기억을
다시 불러오고

꽃바람 타고 온
내 추억의 조각들은
내 마음 속에서
그리움의 탑을
쌓고 있다

정늬률

정늬률 시인은
대구에 거주하고 있습니다.
인향문단에 작품을 발표하면서
왕성한 시창작 활동을 하고 있습니다.
현재 자신의 개인시집을
준비하고 있습니다.

만남 그리고 채움

정늬룰

만남은 무엇인가
만남으로 나를 채우고 너를 채워도
채워도 채워도 텅 빈 공간
텅 빈 마음, 채워지지가 않는다
오늘도 만남으로
너를 채우고 나를 채우려하는가
무엇이 이래도 빠져나가 채우지 못하는가
내가 나를 못보는데 어찌 상대를 보려하는가
묻고 물음에
답은 또 어디에서 찾아야하는가

여정 그리고 길

정늬률

그대의 다리를 지나고
자욱한 안개 개울 지나
온몸 물안개 비 맞으며
찾아낸 눈부신
일몰

핏빛 바다 타고
걷는 긴 여정
바다 너머에 있는
무지개도 보았는가

혹여 나도 모르게
그대 할키거든
그래도
웃음 지으며 떠나보내라

있었다

정늬률

그대 말속에 어여쁜 시가 있다
그대 입속에 눈부신 지혜가 있다
그대 눈동자에 엄한 매가 있었다

아기새야

정늬룰

어미새의 품속에서
아기새야 아기새야
가슴 날개 사이
솜깃털 포근해라
해 지면 달빛 아래 춤을 추어
추억 아래 쉬었다가
목 메여 칭얼대면
이슬 담아 적시고
우수수 낚엽소리 겁나거든
사각사각 달빛이불 덮고

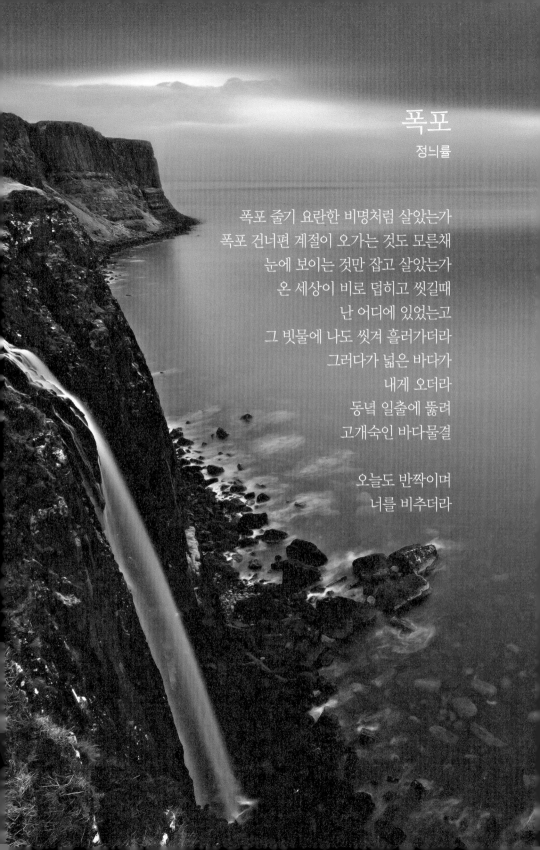

폭포

정늬룰

폭포 줄기 요란한 비명처럼 살았는가
폭포 건너편 계절이 오가는 것도 모른채
눈에 보이는 것만 잡고 살았는가
온 세상이 비로 덥히고 씻길때
난 어디에 있었는고
그 빗물에 나도 씻겨 흘러가더라
그러다가 넓은 바다가
내게 오더라
동녘 일출에 뚫려
고개숙인 바다물결

오늘도 반짝이며
너를 비추더라

정재석

정재석 시인은 1964년에 출생하였고
전라북도 남원에 거주하고 있습니다.
시를 꾸준하게 창작하며 인향문단을 통하여
작품을 발표하고 있습니다.
현재 또바기연구소장을 역임하고 있습니다.

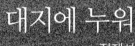

대지에 누워

정재석

알곡을 훑어간 자리
야속하다
갈가마귀 모이는 뇌두지
대지에 누워
하늘 바라보며
꿈꾼다
한 줌의 거름이라도 될까

교차로

정재석

파란색, 붉은색, 노란색
번갈아 가며 교차한다
순서만 지킨다면
다툼 없으리만
스포츠카가 굉음 내며 지난다
저승길이 멀리 남지 않았구나
그 생각만 떠오른다

무얼까

정재석

문제를 알아야 풀지
주관식이냐 객관식이냐
손에 땀만 흐른다
생과 사
문제를 주어라
답은 틀려도 문제를 알면
시도는 하마
무엇을
누군가
문제를 낸 자
제멋대로 놀이하는가
난 사람이다

아름드리 여름

정재석

순리에 맞춰 맞이한 여름
장마에 한참 뒤진 채 온 폭염
여름은 익는다

익어가는 여름
피서 못가도 좋다
왜 피하는가
맞이해야지
자연을 거스리지 말고
즐겨야지

여름은 아름드리 만큼
크고 익고 있다
폭염도 아름드리 여름 부른다

무게

정재석

내가 날 잰다
가벼운 구름
화사한 날
내 무게를 재어본다

깊이와 무게
재질 못하는 작은 마음

너 날 잴 수 있더냐
어떤 중량계도 못 재는
나의 무게

마지막 날
바람보다 가벼울 거다

조성복

시인, 수필가, 소설가
충북 단양 출생
월간지 문학바탕 詩 '단갈' 외 4편으로 신인문학 등단(2013.7.)
국제문학바탕 문인협회 회원(2013.12.)
월간지 문학바탕 隨筆 '작가적 정신과 독자' 외 1편으로
신인수필가 등단(2016.2.)
월간지 문학바탕 小說 '낚싯배'로 신인소설가 등단(2016.9.)
월간지 문학바탕 詩, 隨筆 다수 발표(2013~2020)
계간지 시와 에세이 12, 13, 14, 15호 詩, 隨筆 다수 발표
일간지 국방일보 詩 '귀향'(2017.6.19.),
'망부목 전사'(2018.12.3.), '유언'(2020.3.20.) 발표
한국문인협회 대전지회 회원(2018.5.)
계간지 대전문학 81, 82, 83, 84, 85, 86, 87, 88호 詩 다수 발표
한국문인협회 회원(2020.3.1.)

가끔 혼자 걸을 때

조성복

가끔은 유등천 갈대밭 길
혼자 걸을 때

비오는 태평오거리
"꽃피는 봄이 오면" 주막에서
소주 한 잔 기울 때 보고프지만

그것은 단지
그리운 마음에서일 뿐

날마다 겉으로만 돌아
이제 내일쯤엔
이름마저 잊혀 지겠네

밀려난 번지(番地)

조성복

어제는 앞 집 사는 채분 네가 세간을 버리고
오늘은 당나무집 차돌 네가 새벽 무서리를 밟았다
굉음소리에 놀란 텃새가 깃을 다듬을 새도 없이
새로 들어온 낯 선 번지에 길을 터 주었다
쌀보리 두어 되에 팔소매 걷어매던 곰보네 아낙
석유 한 병 외상주고 헛기침 하던 반장네 곱사
이 모두 내일은 낡은 장부 속에서나 만날까
몇 남은 판자촌 배곯은 아이들 오갈 데 없어
눈물도 덜 마른 너덜한 자리에 쭈그리고 앉아
배불러 우뚝 선 재개발 간판을 쳐다보았다
이제 남은 건
설 자리 잃고 동강 나 뒹구는 오백년 당나무 토막과
저쯤 밖으로 밀려나 떨고 서있는 옛날 번지 뿐.

고독사

조성복

세상 밖으로 밀려난 억만 겁 인연
굳어버린 허리 하루에도 몇 번씩 휘어잡고
구공탄 한 장과 이전투구 하다가 주름만 깊어져
이제는 기력도 떨어져 밀고 다닌다
그 옛날 애절한 목청 서쪽새
진달래 가슴으로 밤을 샜건만
훈풍에 가슴 설레던 푸르른 날은 어디로 갔는지
가물한 기억은 멀리에 있어
쉬도 않고 다가오는 시간표에
구불구불한 몇 남은 추억 조각을 내다 건다

저리로 가는 세상의 길은 어디에
팔순을 살고도 그 길을 몰라
전설 같은 날들이 잊혀 준 비루한 차림
갈림길에 선 노파의 그림자를
처음 본 시간이 와 길잡이 한다
골 깊은 이마에 어눌한 미소 처음 띄우며
홍 붉은 눈빛으로 해맑은 걸음을 가는 게
마냥 가벼워 저리도 좋을까
이제 구공탄 같은 건 끌지 않아도 돼
남은 건 뒤에 올 허영들의 고독사를 듣는 것.

송학역

조성복

기적이 울었다
들풀 무성한 역두驛頭에 홀로 나부끼는 비루한 깃발
역사驛舍와 함께 살아온 훈장 같은 창문이 울고
대합실 문설주를 잡고 선 마른 담쟁이 사자발로 춤춘다
서지 않는 기차는 기러기 군무처럼 한 줄로 떠나고
기다림 보다 이별이 많던 송학역 문패 내리던 날
기적은 온 종일 저 혼자서 울었다
낡고 벗겨져 색도 없는 대합실 나무 의자
고달픈 나그네의 흔적 껴안고 소식 기다리다
기적이 울던 날 재가 되어 떠났다
언제부터였는지 바람만 드나드는 처마 밑 좁은 창 사이로
해 넘긴 마른 억새 몇 대궁이 긴 목으로 지난 영광을 더듬는다
기억에도 없는 곳에서 날아와 토박이가 된 민들레
언제 또 만날지 기약도 없는 마지막 씨앗에게 희망을 걸며
역사驛舍 앞 계단 밑에서 숨고르기 한다
보이는 것은 모두 떠났다
떠나지 못한 것은 이름 뿐 전설 속에 남아 돌고
이제 이들마저 떠나고 나면
풀꽃들의 세상, 지나가는 역이 되리니
세월이 흘러
스쳐 지나는 인연이 있어 바람이 불면
눈물마른 빈 터, 송학역은 구전口傳으로 전해지리라.

두 분 인연

조성복

연분홍 진달래 바람에 춤추던 날
옛 사람들 모여 사는 공동묘지 한 켠에
나그네처럼 살다 간 조장 어른께 술 한 잔 올리고
올 조밥 싫어 야반도주한 동갑내기 선아
일찍 돌아와 누워있는 돌무덤 풀밭에도
산나리 한 다발 꺾어 올렸다

하늘같은 두 분 내 가슴에 영원히 살아
삼동 추운 날 헐벗은 나목 침묵하는 소리도
지천에 누워 하늘보고 웃는 들풀 모습도
두 분 눈으로 보게 되었고
젊은 날 잠시 휘둘려 회귀하는 길 잃었을 때도
두 분 가슴 덕으로 돌아왔다

이 귀한 두 분
생은 어디서 와 어디로 가는지를
사랑의 존귀와 죽음의 진중함까지 모두 묶어
삶은 단지 허상에 불과하다는 것을
절절한 가슴으로 일러주던 님
죽어 기억마저 사라진대도 어찌 잊을까.

조영환

조영환 작가는
경기도 시흥시에 거주하고 있습니다.
시를 꾸준하게 창작하며 인향문단을 통하여
작품을 발표하고 있습니다.

때와 기한

조영환

세상사 모두 다
때가 있음이야
기한이 다하면
물러나 주어야지

혹여 어떤 실수도
잘못도 없는 것을
그 어떤 변명도
구차해질뿐

한땐 그자리
우뚝서 버티고
벗들의 눈길을
한껏 받았어도

비켜서 누워
하늘을 바라보며
벗들의 걸음소리
바람으로 세어본다

– 마을 산책길에서

지친마음 펴보려

조영환

잔뜩 움츠려진 마음
혹여라도 누그러질까
차를 먼저 보내놓고
퇴근길을 걸어봅니다

봄기운은 천지에 완연한데
세상은 왜그리 어수선한지
속시끄럽고 답답함을
훌훌 떨쳐보려고

꽃이 온누리 만발했어도
돌아다봐줄 여유조차 없어
이 봄은 그리 돌아서려나

종종걸음 가로등 아래로 쫓겨
앞길이 오리무중 안개속 같아
누군들 안 힘든 이 있으리요만

걷다가 연실 뒤돌아보다
고달파 늘어진 발걸음들
요즘 현실 다 그런 걸
그 마음 뉘사 모를까

먼발치 겨울 뒤안길

조영환

일도 많고 탈도 많은
이 한겨울 끝자락에
바람처럼 구름처럼
그냥 지나가려다

서운하여 발을 동동
한숨을 지어본 것이
애달아 가슴 속에
눈물이 되었는지

눈물이면 그저그냥
눈물만 되고 말 것을
아쉬움이 깊고 깊어
흰눈이 되었나보다

한숨을 지어봐도
눈물을 흘러봐도
세월의 아쉬움만
재곡히 쌓여가는데

– 입춘 지난 눈내린 아침 산책길에서

내 친구

조영환

순간 순간 찰나, 찰나들
곧 돌아서보면 그리운 추억으로
우리 마음속에 남을 거란다

친구란 오래토록 변함이 없는
끈끈한 관계요
사랑과 우정으로
아름답게 어우러진

누군가 말하더래요
별반 할 말이 없었는데
그저 만나기만 하면
어디서 그렇게도 하고 싶은 말이
술술 풀려나는지
그게 바로 친구라고

저녁 서쪽에 떠있던 태양이
바다로 묻혀져도
내일 다시 동터올
새날이 우리에게 있어
돌아서는 친구의 아쉬운 뒷 모습에
슬쩍 미소를 보낸다

도란도란

조영환

정녕 유난히 금슬좋던 부부였는데
일찌기 약속이나 했던 것처럼 한날 잠 들어
양지쪽 안식처에 나란히 누워
영겁을 얘기하네

그 얘기 무엇인지
모르지만
어렴풋한 생각에
해마다 옆을 지켜온
진달래 꽃은
아마 들어서 알까

조심스레 한발 다가서
조용히 귓속말로 슬쩍 물어보니
그저 한사코 고개만 저을뿐
들어본 게 없다고 옷깃만 여미고 있네

– 노부부의 애틋한 삶을 전해 듣고서

최인호

최인호(본명 : 최인균)시인은 경기도 평택 출생(52년생)입니다. 대학에서 법학, 일본어를 전공하고 변호사사무장으로 근무하다가 퇴직하였습니다. 현재 고향 평택에서 주상복합 아파트 관리소장으로 근무하고 있습니다. 학창시절 동경해오던 시작생활을 꾸준하게 해 오다가 인향문단 회원으로 작품활동을 하였습니다. 인향문단에 시를 발표하며 등단하였고 개인시집으로 내인생의 그날이 있습니다.

친구가 오는 소리

최인호

친구가 오는 소리가 들린다
그 소리는 나를 향한 소리이기에

나는 작은 소리도 감지할 수 있다
오늘 내 귀에 들려오는
친구가 내게 다가오는 소리…

마음을 울리는 반가운 소리이며
가슴에 하트를 그리는
아름다운 소리이다

친구여! 어서 오시게
봄비 타고 오는
친구의 발자국소리가
나의 귀전을 울린다

진달래

최인호

날 보러 오라하네
날 보러 오라하네

앞산의 진달래
뒷산의 진달래

양지 진 그윽한 곳마다

진홍빛 진달래가
날 보러 오라하네

애타게 부르는
그 목소리 메아리 되어
날 보러 오라하네

진한 그 빛바래어진
연분홍 진달래가

날 보러 오라하네

친구가 그리울 때는

최인호

친구가 그리울 때는
하늘을 향해
친구의 이름을 불러봅니다

오늘같이 바람 불고 쓸쓸한 날은
멀리 있는 친구가 그리워집니다

내가 그리워하는 친구는
무엇을 하고 있나요

봄바람에 이내 마음 실어 보내니
따듯한 남풍의 봄바람에
편지 한 장 보내려무나

그리운 친구여

남쪽을 향한 나의 안테나는
오늘도 너를 향해 주파수를 맞추어

귀를 쫑긋이 세우고
너의 소식을 기다린다오

우리들 마음

최인호

우리들 마음에
용서가 있다면,

우리들 마음에
양보가 있다면,

우리들 마음에
사랑이 있다면,

우리들 마음의 색깔은
파아란 색깔로
변하지 않을까

우리 모두가 파아란 마음을
마음주머니에
가득 담아 보아요

일심동행 一心同行

최인호

당신의 가는 길이 힘드시면
나한테 기대시지요

이 몸이 조금은 나은듯하오
당신이 가시면 나도 가지만

아픈 다리 지친 길에서
이 사람의 손이라도 잡으면

잠시나마 지친 몸이
쉼을 얻지 않겠소

어려워말고 손이라도
어서 내어 보시요.

한해 韓海

고려대학교 문과대학 졸업
종합상사 10년 근무
활동 : 시인부락, 시까페, 소담문학, 좋은글 감성이야기,
좋은 글 좋은 시, 인향문단 등
시집 "달빛사랑" 집필중

승무

한해

하늘 높이 흔드는 손짓은
나비의 날갯짓이
가락에 맞추어
사뿐사뿐 춤추는 듯,

긴 소매 깃은 허공을
가로지르며 수놓아,
손길 닿는 곳마다
한 땀 한 땀 마음을 담아내는 듯.

한 발 한 발 내딛는 발걸음은
숨죽이며 몸의 중심을 잡고
님을 위한 염원 담아
어둠 속 불빛 아래
곱게 흩뿌리고

순백의 버선코는
시간이 지날수록
더욱 하얗게 변해가서
기나긴 밤을 홀로 지새우며
님의 침묵을 지키는데

박사 고깔 아래 푸르스레 깎은 머리칼은
어둠 속에 달빛인양 서러울까,
시시각각 춤사위에 흔들려도
속세의 번뇌일랑
그대의 별빛 속에 잠재웠네.

길

한해

바람이 가르쳐 주기 전에는
이 길이 어디로 났는지 몰랐다.

구불구불 울퉁불퉁한 길
여기저기로 온통 너에게 가는 길이
열려 있는지 몰랐다.

어두운 밤 숲속에서 길을 잃고 헤매던 나,
너를 찾아 수많은 날들을 뜬눈으로
밤잠을 설치며 방황했던 그리운 날들,
조금만 더 가면 너에게 가는 길이
사방에 열려 있는 것을 알 수 있는 그 순간까지도

너에게 가는 길을 알지 못했다.

사랑의 바람이 불기 전에는
너에게 가는 길을 알지 못했다.

雨中 산속

한해

먼 산 바라보니
흰구름 두둥실 떠가는 사이로
푸른 산봉오리는 첩첩이 쌓여 숨어들었다.

산길을 다시 넘어
밤길을 재촉해도 고개는 끝없이 걸어 멀어지고
봉오리 곳곳마다 넘쳐나는
신록은,
하얀 바다 속에 점차 침몰하네.

비가 오고
자욱한 안개 피어나니,
구름이 깊은 산속으로 홀연히 녹아든다.

서천(西天)의 새벽

한해

내 이름 부르는 이여,
사랑은 반짝이며 하늘을 물들였고
온 새벽을 두드리고 마음을 뺏어갔구나.

하늘에 비는 밤새 퍼부어도 그칠 줄 모르고
산새 소리는 하늘을 울리다 멀어져 가도
천리를 달리는 말발굽 소리조차 까마득한데

그리운 사람은 저 멀리 머나먼 곳을 방황하고
강물따라 흐르는 배는 갈 길마저 막혀 답답한데
달빛 고운 서천(西天)의 새벽은 사랑에 묻혀 울고 있다.

※주) 서천 : 서쪽 하늘

여명(黎明)의 이야기

한해

새벽녘,

동녘 하늘 멀리서
아침 햇살의 미소에
잔파도마저 허공에 부서져

은빛 물결에

반짝이는 밝은 미소 띠고는
어디로 가야 하는질 아는 듯
바다 위로 장렬하게 흩어져버린다.

누가 불러줄까 그 이름,

바다 너머 파도 타고 사라진
아침 햇살의
아픈 사연을…

동쪽 하늘
바다 아래에서
아침맞이를

기다리는 사연들,

산 위에 올라 불러보고
바다를 향해 외쳐보고
어둠 속 깊숙이 메아리쳐본다.

먼동이 틀 때 너를 불러본다.

인향문단 원고 모집

인향문단에서 다양한 분야의 작품을 모집합니다. 인향문단은 전문작가는 물론 생활 속에서 자신이
체험한 글을 진솔하게 쓰는 이름이 알려지지 않은 작가분들의 글들도 환영합니다.

모집분야 : 시, 소설, 수필 등 제한없음.
채택된 원고는 인향문단에 수록, 인향문단의 전문작가로서 대우를 해드립니다.
분량 : 시는 5편 이상, 소설은 단편 1편 이상, 수필은 2편 이상 그리고 다른 분야는 글의 성격에 따라
적당한 분량으로 보내주시면 됩니다.

투고방법 :
이메일 및 인향문단 밴드를 통하여 원고 투고 가능합니다.
email : khbang21@naver.com
인향문단 밴드 : https://band.us/band/52578241
우편접수 : 경기도 광주시 남한산성면 검복리 126-1

연락처 : 인향문단 편집장 방훈 010 2676 9912

출판 관련 문의에서 출간까지
도서출판 그림책에서
동행 하겠습니다!!

이메일 khbang21@naver.com
전화번호 010 2676 9912 / 070 4105 8439